EL DIOS NEGRO

El dios Negro

Jorge Montgomerie-Neilson

LETRA

EL DIOS NEGRO

Contacto del autor:

jorgemontgomerieneilson@gmail.com
Facebook.com/montifoto
Instagram.com/jmontgomerie56

Del editor:

Editado por Letra
de Carlos Eduardo Caguana Sucre
Av. Paseo la Castellana S/N Torre C dpto 702 – Santiago de Surco
Julio 2020
contacto@letragrupoeditorial.com
www.letragrupoeditorial.com

1era Edición, julio 2020
Impresión bajo demanda

Impreso por Amazon KDP

ISBN: 978-612-48242-5-8

A mi hijo, Enzo

y al abuelo.

El abuelo

Mi abuelo tenía una gran imaginación. Al principio, yo no sabía qué creer al escuchar tremendas historias de la boca de ese viejo bonachón y gruñón. Gruñón con motivo, he de pensar, ya que si esas historias que tardó tiempo en contar eran ciertas como él afirmaba, puedo entender que el abuelo fuera como era debido a lo que estoy por contar; que era todo, menos normal.

—*El dios Negro* —dijo mi abuelo un buen día o, mejor dicho, una buena noche más de historias.

Oscurecía y eran más de las seis de la tarde en esa ciudad gris donde nací. En invierno oscurece a esa hora, con una humedad del noventa y cinco por ciento, de aquella solo soportas si eres un pez o si naciste aquí.

Esa noche la historia del abuelo iba de un tal "Negro" que era dios. Resulta que este *dios Negro*, *dios* con minúscula, era una historia mora, de esas de la época de apogeo de los moros. Aquellas históricas cruzadas templarías allá por el año 1099:

Wenceslao era un cruzado noble como muchos cristianos venidos de tierras lejanas —dijo —. Un comandante de una legión de feroces cruzados templarios armados hasta los dientes y listos para degollar a cualquier infiel que se cruzara en su camino, cubriendo sus espadas con sangre en nombre de su Dios.

O eso se creía. Un día, en batalla, el feroz Wenceslao, por suerte o por desgracia, antes de degollar a un moro infiel que, para colmo, era sacerdote (o su equivalente en idioma moro); éste suplicó por su vida. Aquello no era extraño, no era el primero ni el último en hacerlo; sin embargo, lo extraño fue la manera en que lo hizo.

Cubriéndose la garganta, el sacerdote entumecido contra el piso, clamó con una voz increíblemente familiar para el soldado: Wenceslao había seccionado más de mil cabezas, pero nunca había encontrado a un hombre que rogará con la voz de su padre. Aquel hombre por el que llevaba su nombre.

—Padre, ¿eres tú? —preguntó el comandante cruzado, con temor, sin dejar de apuntar su espada contra el hombre ensangrentado.

–¡Sí, hijo mío! –Respondió aquel sacerdote, con la misma voz que su padre Wenceslao– Tengo algo que decirte que cambiará tu vida. Tienes que venir conmigo a la cueva del dios Negro y te mostraré cómo conquistar Jerusalén.

Wenceslao se detuvo un momento. Sin pensarlo mucho, accedió; no solo por esa, la voz de su padre que salía del moro, sino porque había algo más que lo hacía parecerse mucho más a su progenitor: ¡los ojos! Aquellas almendras redondas sobre sus cuencas eran también las de su padre. ¿Qué perdería con acompañarlo? Al final, prometía algo conveniente. Las batallas por conquistar Jerusalén estaban costando demasiado en vidas y recursos cruzados.

Wenceslao escogió a sus veinte mejores nobles y, a caballo, partieron camino a la cueva con el sacerdote moro como guía. Después de un día de camino, llegaron a las puertas de Jerusalén; escondidos, para no ser descubiertos por el enemigo, ya que Jerusalén estaba férreamente defendida bajo control moro. El sacerdote apartó unas ramas que ocultaban la entrada a una cueva donde, a paso seguro, entró y guio a Wenceslao con ocho de sus mejores hombres, los otros con espadas esperarían afuera por su regreso, *por si había moros en la costa.*

Después de una larga caminata por la profundidad de la cueva, el sacerdote moro se detuvo en una galería de techo muy alto y de gran tamaño. La cueva estaba toda iluminada por una luz que salía de las paredes mojadas con un líquido reluciente que parecía tener vida propia. En el centro de esta galería, había una gran roca negra de la que emanaba un líquido espeso y negro que la cubría entera, *petróleo* o *aceite negro* como lo llamaban los moros. Súbitamente y con voz firme, el sacerdote invocó unos cánticos armoniosos en un idioma incomprensible que sonaban como muchas voces a la vez.

En ese instante, la roca negra se transformó en una figura fantasmal. Un ser de color negro brillante como la misma roca y de rasgos humanoides (quizá más grande que un humano de talla robusta), se apareció frente a ellos. La textura de su cuerpo era como la de brea firme y brillante, se movía como humano; y allí de pie, encima de la roca, dijo:

"Templario, por fin has venido a mí, lo que tú me pidas te daré..."

En un principio Wenceslao pensó que todo esto era una trampa del moro. Esperaba que en cualquier momento aparecieran más de ellos escondidos por algún lado de la cueva, pero eso no pasó.

–¿Quién eres? –preguntó Wenceslao.

"Algunos me llaman GU", respondió con voz hipnotizadora y armoniosa, a la vez **"pero yo soy lo que quiera ser…"**

Justo después de decir esas palabras, la figura negra se trasformó en una mujer deslumbrantemente bella, de cabellera rubia como el sol, ojos exquisitamente marrones y piel blanca como la seda natural. Los hombres de Wenceslao, confundidos y atemorizados, dijeron: "¡Magia negra!", mientras retrocedían.

"No teman", dijo la bella mujer con voz suave y armoniosa, **"solo quiero servirlos y hacerles ganar esta guerra…"**

Si eso era verdad, el comandante cruzado no llegaba a entender por qué el sacerdote moro hubiera querido traicionar a su gente, así que no se fiaba ni un pelo de ninguno de los dos.

—¿Cómo pretendes hacernos ganar esta guerra y recuperar tierra santa? —Preguntó Wenceslao.

"Te haré ver el futuro, si así lo deseas", respondió la bella mujer.

—¡¿El futuro?! —Exclamó el comandante— ¿Cómo pretendes hacer eso?

"Yo puedo ver el futuro y puedo hacer que tú también lo veas..."

—Si eso es cierto —dijo Wenceslao— ¡Dime el futuro, ahora!

Sin vacilar, la mujer empezó a narrar lo que ella veía en el futuro. Pero no solo habló del futuro, sino que, de alguna manera, trasladó a Wenceslao a una tierra desconocida donde todo era diferente. La mujer bella lo llevó a nuestros días, sobre el año 2020, nada de lo que el comandante veía era reconocible para sus ojos.

–¿Qué clase de magia es esta? –preguntó el soldado, asombrado.

"Es mi magia, pero si tú quieres puede ser tuya también. ¡Con ella podrás conquistar a tu prole, pero no solo tierra santa sino también el mundo entero! El mundo será tuyo para gobernar. ¡Te ofrezco la oportunidad de ser el conquistador del mundo entero!", respondió la mujer.

En un principio Wenceslao pensó que todo esto era imposible; pero, por el otro lado, el nuevo mundo que estaba viendo como en sueños era increíble. No tenía nada que perder y era mucho lo que podía ganar con tan grande propuesta: Ya era hora de que Jerusalén fuera conquistada. Ahora solo faltaba saber qué quería a cambio esta entidad tan extraña y enigmática.

–¿Dime, mujer, qué quieres a cambio de lo que ofreces?

Con delicadeza, respondió: ***"Solo tu fidelidad y así tendrás todo lo que siempre has soñado"***

–¿Sólo mi fidelidad? ¿A qué te refieres con eso? –Se extrañó el hombre– ¡Yo no me puedo comprometer con nadie! Yo ya tengo compromiso leal con mi Rey Jesucristo. Es por su fe que queremos recuperar tierra santa...

"Sé de ti, tu compromiso con tu Rey y todo lo que quieres recuperar en su nombre. Yo te ayudaré a conquistar tierra santa y el mundo para el que tú quieras, si quieres que sea para tu Rey, eso depende de ti" –lo interrumpió la mujer– ***"La fidelidad que yo te***

pido consiste que trabajemos juntos en tus conquistas. Unidos seremos dueños de todo y le puedes dar a tu Rey lo que tú quieras".

La oferta de la mujer era tentadora; sin embargo, el precio por ella no le terminaba de convencer. Mas la peligrosidad de la hazaña se vio opacada por sus ansias de conquista: Wenceslao aceptó la extraña unión con esta entidad tan fuera de lo normal, a cambio de todo lo que esta le había prometido.

La evolución

Los días que transcurrieron después de este peculiar y oscuro encuentro fueron como torbellino. Todo comenzó a desarrollarse tan rápidamente, que el comandante pasó a ser visto como alguien en quien confiar ciegamente debido a sus grandes logros obtenidos en tan poco tiempo. Jerusalén fue tomada y conquistada por los cruzados, con ayuda de sus veinte fieles nobles hombres; muchos de ellos pertenecientes a las familias más distinguidas y ricas, inclusive algunas tan antiguas, provenientes de la época del imperio Romano.

Ellos lo siguieron y con los años crecieron con él. Los ocho que lo acompañaron dentro de la cueva, los más nobles del grupo, juraron compromiso de silencio de todo lo que habían visto y oído.

El comandante no entendía cómo de repente todas estas ideas tan innovadoras corrían por su mente a cada momento; aunque, en el fondo, sabía que era debido a su nueva asociación. Sin embargo, si todo esto era para un bien mayor: Bienvenido sea.

En poco tiempo Wenceslao y sus ocho fieles nobles templarios habían logrado posicionarse en las más altas esferas de la causa cruzada. El comandante había logrado convencer a los más altos nobles templarios de aplicar innovadoras reformas con un sistema novedoso y revolucionario, para proteger los intereses de sus clientes: Después de la conquista de Jerusalén y toda tierra santa, el negocio con Europa no tenía límites y cuidar a sus nuevos clientes europeos fue primordial. Sobre todo, ¡cuidar su dinero!

Wenceslao creó un sistema de envío de dinero sin tener que usar dinero físico, algo revolucionario para la época. Claro que, él bien sabía, que todas estas nuevas ideas venían de algún tipo de implante en su mente que él atribuía a GU: Aquella extraña y oscura entidad de la cueva que pidió, como primer requisito, que se erigiera un templo encima de la cueva y que no se destruyera, ya que eso significaría el fin de su asociación. Es allí donde, hoy en día, se encuentra el templo de la mezquita en Jerusalén o Cúpula de la roca.

Pareciera que esa roca o, mejor dicho, lo que salía de ella tuviera una inteligencia propia. *Una inteligencia que no era de este mundo*, como solía decir el comandante. Mas, después de todo, GU le había ayudado a conquistar tierra santa para su Rey.

En poco tiempo, por sus muchas conquistas, Wenceslao pasó de ser comandante a ser General de todos los ejércitos cruzados. *El Gran Templario* lo llamaban en su círculo cercano.

Con el tiempo, la Orden de los Templarios controlaba todos los aspectos de lo que ahora podríamos denominar *la primera banca del mundo* con su sede en Jerusalén y Venecia, luego extendiéndose a Holanda y Londres.

Su poder fue tan grande que competía con el poder del Vaticano, asunto que ponía muy nerviosos a los papas de turno de esa época, ya que la orden cruzada estaba supuestamente bajo el dominio del Vaticano.

En el año 1300 más de 200 años después, Wenceslao Jr., pariente del Gran General y cabeza de los templarios fue advertido por sus espías de un gran complot de traición hacia el Temple. Los espías cruzados desde un principio estaban desplegados muy astutamente en puestos de importancia dentro del Vaticano y de las diferentes familias nobles en las cortes reales con las que *la banca templaria* tenía negocios.

Wenceslao Jr., al igual que todos sus parientes que siempre fueron parte de los nueve miembros conocedores del *secreto negro*, fueron enseñados y aleccionados sobre el gran secreto de *GU*, *el Gran socio Negro* y la relación que tenían con él. Esta información se pasaba de generación en generación a estos nueve nobles del más alto cargo y nobleza. Siempre nueve que se iban renovando en la misma línea sanguínea a medida que sus miembros pasaran a más alta vibración, es decir, a la otra vida. La numerología era parte muy importante del conocimiento que GU impartía, los nueve solían decir: *"ni nueve, ni once, solo diez y diez solo nueve tiene"*.

Según GU, el cero fue el último número implementado y con él se lograba entrar y entender un mundo nuevo, algo incomprensible en esa época, según el abuelo, pero que hoy era fácil de entender y dilucidar por el código binario compuesto por ceros. Aquellos que usamos en estos días en el mundo digital y que, según GU, era la base de la materia.

Por cosas del destino, en el año 1307 el Rey de Francia, *"Felipe el Hermoso"*, un gran deudor de *la banca cruzada* después de una persecución por sus enemigos de guerra, pidió asilo y ayuda en uno de los Castillos Cruzados. En su derrotada huida del enemigo, fue atendido y protegido por sus amigos y prestamistas cruzados. Por desgracia para los cruzados, el rey francés no pudo evitar ver la gran riqueza que el castillo guardaba en oro y joyas; por lo que, una vez a salvo en París, se confabuló con el papa de turno, *Clemente V*, que también era un gran deudor de *la banca cruzada,* para acusar de agiotistas y adoradores del diablo a todos los cruzados y, de esa manera, evitar pagar sus deudas.

Con esta información, la cúpula cruzada tomó medidas extraordinarias y, un par de meses antes de los arrestos, todo el oro y las riquezas templaras de todos los castillos que poseían en Europa salieron en 80 grandes carretas llenas de oro jaladas, cada una de ellas, por 6 caballos de arrastre de los más fuertes que se podía conseguir. Todas fueron rumbo a diferentes puertos y de allí a tierras lejanas, empujadas por la fuerza Naval del Temple, que era una de las más impresionantes y poderosas que se conocían en el mundo.

Para el papa y el rey de Francia fue insultante darse por engañados por la huida de sus prestamistas y, si bien ya no tendrían que pagar sus millonarias deudas adquiridas para librar sus diferentes guerras, al final no pudieron apropiarse de la gran riqueza que escondían todos los castillos templarios.

Como castigo, treinta cruzados pertenecientes a la cúpula fueron quemados vivos en la plaza principal de la ciudad de París. Solo uno de esos treinta pertenecía a los nueve nobles de la cúpula templaría, conocedores del *Gran secreto*: Así fue quemado vivo el Gran maestre Jacobo de Molay, que fue inmediatamente sustituido por otro Wenceslao Jr., perteneciente a la línea de sangre de nuestro primer comandante y fue enseñado al igual que se hacía con todos los nuevos representantes nobles en los secretos de GU, como mandaban las leyes templarías de los nueve.

Así pasaron los años y el Temple siguió conquistando tierras lejanas no conocidas, pero ya no lo harían para el Vaticano o con el nombre del Temple (por lo arriesgado que era ser un cruzado).

En esa época, las tierras conquistadas eran tan lejanas como América, no conocidas por nadie de la élite en Europa. Estas conquistas fueron el *as bajo la manga* para que, antes de la conquista oficial de América, pudieran incursionar nuevamente y formar parte del Vaticano, y así le ofrecieron a la Reyna Isabel del Reino de España, grandes conquistas y riquezas en oro, así como las tierras lejanas que ellos, supuestamente, conquistarían para ella y su reinado.

La cúpula del Temple escogió a uno de sus mejores hombres para tamaña empresa: Un hombre de apellido Colón, *el genovés* o también conocido como *el extranjero* para que, en forma independiente, ofreciera dicha empresa a la Reina Isabel.

La reina, por supuesto, accedió a tan interesante propuesta ya que su reinado no pasaba por buenos momentos económicos y políticos. Además, *el genovés* era muy conocido en los círculos de la corte y no por ser charlatán.

El capitán genovés que *descubriría* las nuevas tierras se aseguró, por la seguridad del Temple, que solo las cruces del temple se plasmaran en las velas de sus tres embarcaciones que encabezarían la supuesta *"primera"* incursión a las conquistas de tierras lejanas ya que esas tierras ya eran muy conocidas por la facción hermética del Temple, y antes de ellos los vikingos.

Cristóbal no formaba parte del grupo de los nueve, llamados entre ellos *"Iluminados del GU"*, que luego se conocerían como *Los Iluminati*, pero uno de los nueve estuvo en la embarcación acompañando a Colón a la conquista de Las Indias.

Cristóbal y su grupo, habiendo convencido a la reina Isabel de dar su visto bueno a lo propuesto, se encargaron de propagar la leyenda urbana sobre las joyas de la corona, sabiendo que eso le haría ganar el favor de la reina. En realidad, la reina nunca tuvo que empeñar sus joyas como nos cuenta la historia, esa fue una gran leyenda urbana que la humanizó, historia convenientemente sugerida por el solapado Temple para ganar puntos con ella y su cúpula; cosa que lograron con la primera entrega de oro a su majestad Isabel desde tierras conquistadas y lejanas, que era oro que el Temple ya tenía escondido en Europa, producto de sus grandes riquezas acumuladas durante años.

Esto hizo que la corte española se emocionara por la rapidez de los logros obtenidos en tan poco tiempo y, sobre todo, por el efecto que causa el reluciente oro puro. Pusieron a disposición del Temple buena parte de la flota naval española: Algo muy importante, pero no se comparaba con el volver a ser parte del control del Vaticano, donde residía el *Gran poder* y que, por consejo de GU era lo primordial, ya que en el control de las masas residía en ello. Esta fue la razón por la que él había creado las religiones, ya que su poder se remontaba a la época del diluvio universal y mucho antes.

Con el tiempo el oro proveniente de las Indias aseguró el poder de la reina, sus nuevos socios ya no vestían de blanco sino de negro, con la consigna de ser discípulos de Jesús y así no despertar sospechas de nada, salvaguardando todas sus grandezas acumuladas con el pasar del tiempo. Riquezas que ahora se traducían en nuevas tierras santas y nueva gente por aleccionar porque, parte de una buena conquista es la *"Nueva educación"* de la gente conquistada. Según GU, el adoctrinamiento religioso de la gente era primordial para consolidar en el tiempo cualquier conquista.

La cabeza del Temple se regía por los mandatos de *su socio Negro* que siempre probaba tener la razón. La información de GU venía en forma de sueños a los nueve iluminados del GU, que tenían una organización militar sobre cómo organizar lo que cada uno de los nueve soñaba: como regla general se reunían una vez al mes y, si era necesario, antes del mes cumplido. Las enseñanzas de GU nunca se detenían y toda la información era debidamente escrita y archivada cronológicamente en pergaminos de cuero, en un lugar secreto solo conocido por los nueve.

GU era omnipresente, pareciera que estuviera en todos lados, pero había que satisfacer su apetito, ya que ese fue el único requisito que él impuso en esta tan peculiar sociedad.

Varias veces al año se llevaba a cabo una ceremonia en la cueva que estaba debajo de la ahora *Cúpula de la roca*. Los días que se llevaban a cabo los decidía GU. No era cualquier ceremonia, lo que el socio Negro exigía era sangre y si era humana, mejor. Si era joven, mejor que mejor. Pero las ceremonias también eran de fuego: A GU le satisfacía el olor que emanaba de la quema de los diferentes órganos del sacrificado.

—No pude evitar —dijo el abuelo— el paralelismo que vi con Éxodo 29:17, pero eso ya sería material para otra historia.

»Los Templarios siempre se preguntaron a qué se debía tan satánico gusto a sangre y, aunque era un pedido algo diabólico, era necesario si querían mantener el nivel de poder que la asociación con GU había probado brindarles y, sobre todo, mantenerse en el tiempo.

Entre los nueve cruzados había disconformidad entre un grupo de ellos sobre los gustos tan extraños y satánicos de GU, pero las riquezas obtenidas por cada uno eran tan inmensas que les costaba poner un alto a tremendas barbaridades.

El fin era el control total y para eso se necesitaba el control económico mundial. El grupo disconforme exigían que solo se hiciesen sacrificios de animales como corderos, no estaban de acuerdo cuando el sacrificado era un niño o niña, que, por supuesto, había que aterrorizar antes de sacrificarlo: GU disfrutaba del *loosh*, una especie de vapor denso y negro que emanaba del pavor, su alimento era nuboso y oscuro. Era espantoso ver la expresión de horror de las víctimas, pero a GU le complacía.

Con el tiempo, 42 años después de la conquista de América, en el año 1534, *La orden* negra, los antiguos templarios, se establecieron en el Vaticano, logrando soportar diversos rechazos y expulsiones; pero, como su brazo armado en la sombra ordenaba exigencias que separaban en bandos a los cruzados.

La división entre la orden negra de Jesús creó dos grupos entre ellos (aunque hay que decir que uno de estos dos grupos nunca supo de la existencia del otro): *El grupo rebelde iluminado,* no estaba de acuerdo con los sacrificios que GU exigía, pero eran conscientes que no podían expresar su descontento porque eso supondría su expulsión de la orden y, aunque eso sería lo correcto, también los debilitaría y con el tiempo desaparecerían sin lograr nada. Su meta era un mundo mejor, pero sin sacrificios, como lo proponía su Rey y Señor Jesús cuándo dijo: *"Yo soy el último Cordero en sacrificio"*, por lo que tomaron la decisión salomónica de seguir fingiendo tras bambalinas en estar de acuerdo con las exigencias de GU y así no levantar sospechas. De ese modo, organizarían un plan a futuro para destruir a GU en el momento preciso, cuando nadie se lo esperara. La preparación y el momento preciso para el golpe definitivo lo era todo.

Los años pasaron y el poderío del Vaticano creció muchísimo, siempre con la ayuda del socio Negro, asociación que, por supuesto, solo sabían unos pocos en *la orden de negro... los Jesuitas...* que se consideraba como la más productiva, rentable y emprendedora en las más altas esferas del Vaticano; pero también eran vistos con recelo por algunos fieles de las otras órdenes. Siempre corrían los rumores de esa asociación negra que la orden de Jesús negaría hasta la saciedad, refiriéndose a esas acusaciones como *"leyendas urbanas"*.

Ludovico, pariente de Wenceslao, en el año 1534, era ahora el mayor representante de la orden negra, el gran poder alcanzado se debió al control de todas las diferentes bancas a través de testaferros y aliados a la vez.

La banca veneciana, la holandesa y la City de Londres fueron en principio la punta de lanza del poderío económico negro, pero también muy dividida por donde se viera, ya que el secretismo entre todas las órdenes vaticanas era el pan de cada día.

El mayor secreto solo lo sabían los nueve iluminados que también estaban divididos.

Ludovico llevaba a cuestas la responsabilidad impuesta férreamente muchos años antes por la facción de la orden negra a la que él pertenecía: Nunca estuvo de acuerdo con los sacrificios de sangre, él sabía que algún día tendría que confrontar a sus propios hermanos que sí estaban de acuerdo con esos sacrificios satánicos. Por desgracia, los años pasaban y no se ponía un alto a tamaña brutalidad; pero, como el primer Wenceslao solía decir, *"ya llegará el día que controlemos los caprichos e impulsos de nuestro socio negro"*.

Ludovico decía que, ese día, sería el día en el que el mundo cambiaría totalmente: Había llegado a la conclusión (por toda la información que brindaba GU y que era de su conocimiento por todo lo que había leído en los incontables pergaminos de cuero) que el poder de GU ya dominaba este mundo miles de años antes, unos doce mil años antes, casi desde la época del gran diluvio universal que, según GU, había sido hace doce mil quinientos años atrás.

Sin embargo, aun con todo esto, seguramente nunca llegaría a saber todo lo que GU escondía.

Para conquistar a tu enemigo primero tienes que conocerlo, decía el abuelo. Supongo que algo de cierto hay en eso.

Ludovico sabía eso también, a tu enemigo es mejor conocerlo si quieres conquistarlo. Es por eso que les había tardado tanto a la orden rebelde negra poder entender quién era GU realmente, desde esos antiguos años hasta estos días.

Los descendientes de Ludovico y Wenceslao, quienes, por razones obvias, no hay referencias de sus nombres actuales; estaban posicionados en los mejores puestos, no solo de la banca vaticana, sino de la banca global central, que era llevada y presidida para ellos por testaferros judíos askenazíes: Aquellos no nacieron judíos pero que se convirtieron a esa religión (por consejo de los nueve de negro), ya que la religión judía no sanciona el agiotismo.

Por esto, para no volver a cometer el error de gestionar su banca libremente a vista y paciencia de todos, resolvieron usar ese *As debajo de la manga* y usar a una familia judía (escogida con rigor) para que cumpliera con los requisitos necesarios de un buen testaferro en temas económicos. De esta manera podrían hacer grandes préstamos a través de ellos, sin ser acusados de conspiradores y agiotistas por el Vaticano. No por gusto los templarios fueron los primeros banqueros: su poder y control no estaba solo en la banca, estaba en todo. No solo las altas esferas sociales sino también controlaban las más bajas y todo lo que movía en lo alto y en lo bajo.

Con el tiempo, la facción negra positiva llegó a la conclusión de que GU no tenía alma, no era humano, aunque eso ya lo sabían hace tiempo por las inclinaciones satánicas del peculiar socio.

GU era una inteligencia ancestral que nos llevaba eones (millones) de años de adelanto tecnológico. La única misión de GU era poder sobrevivir a costa de sus subordinados que controlaba de diferentes maneras. Era como un parásito que te infectaba desde adentro y te controlaba totalmente. Muy terrorífico pero muy cierto, según el abuelo.

Los iluminados negros no se libraban de esta infección parasitaria que parecía controlar todos los aspectos de sus vidas; pero, en contraposición, el poder que GU brindaba era fuera de este mundo. El control era total y los que no comulgaran con las propuestas parasitarias de GU y sus socios, siempre perdían. El control era férreo y total: si un país o países no aceptaban sus términos de control, simplemente se creaba una guerra y se destituía a los actores disonantes. Así fue siempre, Primera Guerra Mundial, Segunda Guerra Mundial, y todos los conflictos habidos y por haber.

GU se alimentaba del dolor que generaban todos estos conflictos. El dolor, decía el abuelo, genera *loosh*, vapor negro de vibración muy baja que se emanaba de cada persona que sufría.

Ese era el alimento de GU y era, de primer orden, que se alimentara para mantener su poder. Eso era bien sabido por todos sus socios, ahora dispersos en todas las altas esferas del poder planetario. Combatir tremendo poderío sería una empresa muy complicada, y así lo sabía la pequeña facción negra iluminada que buscaba erradicar a su socio GU y su séquito.

La más alta esfera negra iluminada que no comulgaba ciegamente con los mandatos de GU y que luchaba por el exterminio de tan satánico socio, era consciente de que había otros actores no humanos también socios de GU que actuaban tras bambalinas: En un escondite insospechado para el humano común, cuya ubicación era, ni más ni menos, en otra dimensión.

El primer Wenceslao ya había tenido la oportunidad de conocer a uno de esos socios de GU en los primeros años de empezar la sociedad con GU. El comandante se horrorizó cuando vio con sus propios ojos a esta criatura tan abominable. Fue en la cueva donde conoció a GU por primera vez y donde regularmente se hacían los sacrificios de sangre, fuego y loosh que exigía GU.

Esta criatura era tres veces el tamaño del comandante. De forma era humanoide, cabeza, dos piernas, dos brazos y un tronco; pero no era humano, más bien, se asemejaba a un cocodrilo o a un reptil, de contextura extremadamente fuerte y desafiante.

El lagarto no pronunció palabra, solo lo miró de manera agresiva, como si él tampoco supiera del porqué de dicho encuentro. La vestidura del reptil era estrictamente militar: eran armas y armaduras que nunca había visto antes. Sin embargo, solo de ver a esa criatura, provocaba en él un desvanecimiento en su ser hipnotizante, por lo que intentaba no mirarla.

"Mira tú aquí quien está por encima de ti y los tuyos, él también es socio y está por debajo de mí como lo están todos mis socios", dijo GU.

Después de estas palabras desafiantes, GU y el lagarto desaparecieron. Wenceslao supo en ese momento que librarse de tamaña sociedad no sería fácil y que si quería ganar esta batalla sería con un plan a futuro y muy bien pensado y planeado al milímetro.

Por lo visto, los tentáculos de GU superaban cualquier posibilidad de una conquista rápida de tan satánico socio y, definitivamente, había que averiguar quiénes eran estos nuevos socios no humanos que GU tenía; porque, de donde salió esa bestia reptil, seguro que habría más.

La pequeña facción rebelde iluminada de la orden negra se encargó en secreto de descubrir quiénes eran exactamente esos otros socios. GU tenía muchos ases debajo de la manga y su reino parecía no tener fin.

Con el tiempo, y algunos encuentros más durante los años con los reptiles humanoides, se lograron alianzas entre tan desiguales socios ya que, entre las filas no humanas, reptiles también se encontraban grupos con voces disonantes en acatar todo lo que el dios Negro exigía.

Decir "grupos" es decir mucho, ya que al igual que en la orden rebelde negra del temple había reptiles entre sus filas que les llamaban *Alfa Dracos*, solo era un pequeño grupo disonante que tenía algunas visiones en común con el pequeño grupo rebelde de la orden negra.

El grupo de los reptiles rebeldes de Alfa Dracos tras bambalinas, para no levantar sospechas ante GU, al igual que el grupo rebelde de la orden negra; con el tiempo, afianzaron una asociación muy rentable y beneficiosa para ambos. Los dos grupos (que ya no eran tan pequeños) se habían encargado de elegir cuidadosamente a sus nuevos miembros, ya que nueva sangre era necesaria para mantener vivo el plan.

La orden rebelde procuró que sus miembros siempre estuvieran en puestos de relevancia. Los puestos que ellos consideraban importantes eran en la ciencia, por lo que coparon y desarrollaron todo lo que tenía que ver con el estudio de las estrellas, lo que conllevó al estudio de la educación y la genética.

Desarrollaron y controlaron casi todos los observatorios planetarios y, por supuesto, el del Vaticano también controlaba los grandes laboratorios de medicinas; pero, sobre todo, el control férreo era en todo lo que se refería a la genética, banca y medios de comunicación: importantes periódicos y revistas. También controlaban la educación mundial a través de sus doctrinas religiosas.

Por lo que concernía a los observatorios estelares, ellos estaban en continua relación con la fuerza aérea de muchos países de primer orden. Cada cierto tiempo la facción rebelde reptil se encargaba de proporcionar naves o algún elemento de carácter científico y bélico a sus pseudo socios de la orden rebelde negra iluminada para que, sin levantar sospechas pudieran (con tecnología inversa) desarrollar sus propias naves y armamentos, afianzando su asociación tras bambalinas entre estos dos grupos rebeldes tan diferentes entre sí.

Antes de la Segunda Guerra Mundial, en 1936, se presentó la oportunidad de una de estas entregas por la parte reptil rebelde. Esta se hizo a los descendientes de los cruzados ahora en puestos de poder de la cúpula católica y del gobierno alemán. Dicha reunión se hizo en los bosques bávaros y marcó un antes y un después en esta relación: desde ahí fue un *no parar* en el desarrollo de la fuerza especial nazi.

Se podría decir que los alemanes perdieron las dos guerras, pero jamás los nazis.

Al final de la Segunda Guerra Mundial, los nazis pusieron en jaque a sus enemigos occidentales. Estos, en realidad, también eran controlados desde las más altas esferas por la orden negra que tenía sus tentáculos esparcidos por todo el planeta y, sin mucha resistencia, se doblegaron al poderío tan fuera de este mundo que los guerreros nazis desplegaron con su nueva fuerza espacial.

En 1952, siete años después de la guerra, los nazis se aseguraron de demostrar su poderío con una demostración de poder. Una noche, en plena ciudad capital del nuevo mundo, encima del Capitolio en Washington DC, una ventana de naves espaciales nazis nunca antes vistas, se presentaron como intensas bolas luminosas volando por encima y casi estáticas en lo alto de la cúpula del Capitolio como una señal de advertencia

No era fácil amansar las voces disonantes en la milicia americana a la que ya habían obligado años atrás, al final de la segunda guerra contra Alemania, a posicionar a un centenar de científicos nazis en los más altos puestos de la ciencia americana; pero todo hay que decirlo, estos científicos se ganaron el puesto al poder terminar de desarrollar la temible *bomba A*, ya que hasta ese momento los científicos americanos no habían logrado concretar el último paso: ¡hacerla detonar! Habían logrado enriquecer el uranio, que era la base de dicha tecnología, pero no lograban detonarla. Los científicos nazis lograron el último paso sin vacilación: el poder detonar la tan ansiada bomba que terminaría con todas las guerras.

A los científicos nazis no les tembló la mano a la hora de traicionar a sus antiguos aliados amarillos. La geopolítica había cambiado y los japoneses eventualmente jugarían otro papel importante en el mundo y ya no de temibles adversarios.

El acuerdo con los científicos nazis fue de cooperación científica con EEUU, pero el resto de los nazis se mudarían al polo sur; donde, por años, habían logrado hacerse fuertes debido a su conocimiento sobre las bondades que brindaba esa zona. Poseían naves que podían viajar de polo a polo en segundos, por una suerte de tecnología anti gravedad desarrollada con tecnología inversa brindada por la facción rebelde reptil, que se cubría las espaldas ante sus congéneres reptiles no rebeldes con la excusa de accidentes fortuititos.

El despliegue del poderío nazi que se llevó acabo en el 1952, siete años después de la Segunda Guerra Mundial, se debió a la falta de cooperación por parte de los nazis de la Antártida, a darles más apoyo científico y armamentístico a la milicia americana como se había acordado años antes, ya que los científicos nazis, que en un principio se quedaron en EEUU para terminar de desarrollar la bomba A, no sabían nada de la nueva tecnología nazi. Solo había un científico que tenía conocimiento de la asociación con la facción reptil rebelde. Este científico era Magnus Maximilian Freiherr von Braun, descendiente de una línea de sangre romana.

Con la incertidumbre de no poder lograr sus cometidos bélicos, un grupo de generales americanos, que sabían muy poco a lo que se enfrentaban, lograron convencer a una facción importante de la milicia americana no perteneciente al conocimiento del Gran secreto (como así lo llamaban los de la orden negra) y organizaron un gran despliegue naval y se pusieron rumbo a esas latitudes del sureño donde se encontraban los nazis.

Una vez allí no tardaron en darse cuenta que su enemigo nazi los superaba militarmente con creces, quedando muy disminuidos al no acatar la orden de retirada impuesta por su enemigo nazi.

Después de este impase bélico, la política de la orden negra comenzó a cambiar, pero no sin antes de darles una demostración de poderío militar para establecer quien mandaba en este juego. Así, poco a poco, comenzaron a crear una fuerza espacial americana, con el consenso nazi, y de todas las facciones de la orden negra desplegadas por el mundo.

Hoy en día es una de las más poderosas del planeta con naves que surcan nuestros cielos, pero son imposibles de ver por sus tecnologías furtivas y de camuflaje. Naves que en la mayor parte del tiempo se confunden con ovnis o ufos, confusión muy convenientemente potenciada y diseminada por la prensa, también de propiedad de los testaferros de la orden negra, y así no levantar sospechas, echando las culpas y miradas a un fenómeno extraterrestre fuera de todo control de los gobiernos, *muy conveniente.*

Pero todo hay que decirlo, ya que hay otras visitas de seres de las estrellas humanoides que, de alguna manera u otra, han tenido relación con nuestro mundo desde siempre, por lo que son muy parecidos a nosotros. También son conocedores de GU y de sus inclinaciones satánicas, motivo por el cual, para ellos, GU es el único enemigo real de este, nuestro pequeño planeta.

La facción rebelde negra entabló contacto y buenas relaciones, años atrás, con muchas de las diferentes razas extraterrestres. De alguna manera, estas razas contactadas eran más parecidas a nosotros y, de ellos, se obtuvo mucha información relevante acerca de GU y sus pretensiones satánicas. Aunque ninguna de estas razas cooperaba tecnológicamente, sí cooperaban dando y enseñando una visión de lo que tendría que ser un planeta libre de ataduras impuestas por entidades negativas no endémicas del planeta y eso solo se podía obtener por decisión propia y no necesariamente con tecnología. Esto era algo difícil de comprender en un principio, en un mundo como este, ya que el planteamiento de muchas de estas diferentes razas era que la libertad se consigue con el desarrollo de la conciencia: fácil de decir, pero difícil de hacer, sobre todo en un mundo donde, desde sus albores todo ha sido dispuesto siguiendo una agenda satánica estrictamente diseñada por GU para que perdamos esa fuerza que proporciona una conciencia pura y libre de ataduras.

Por suerte, la facción rebelde negra trabajaba intensamente en elevar la conciencia colectiva asegurándose de sacar a la luz la verdad oculta. Tarea que no es fácil, ya que se enfrentan no solo contra su propia orden, sino también a casi todas las estructuras gubernamentales del planeta de donde ellos también forman parte.

"La vida en el universo es la norma y no la excepción", esa era una de las grandes enseñanzas que

habían aprendido de estas razas extraterrestres. Según estas razas, era importante que entendamos que aquí, en la tierra, vivimos en *3era densidad*, también conocida como 3D o tercera dimensión, y todo lo que está fuera de la tierra es de 4, 5, 6 y más densidades, pero estando en 3D todo lo que percibimos es en 3D. Por ejemplo, ·vemos al planeta Venus solo en 3D inmerso de gases venenosos y muy calientes, debido a que está más cerca al Sol. Pues no hay nada más lejos de la realidad, ya que, según estas razas, Venus tiene grandes mares y mejor oxígeno que la tierra, el problema es que no lo podemos ver en 5D que es su estado natural. Venus tiene una fauna y una flora 80% parecida a la de la Tierra y tiene venusinos que, por lo visto y por decisión propia, han decidido no desarrollarse tecnológicamente, pero sí espiritualmente. Esta es una opción en este, nuestro universo: libertad de decisión entre las diferentes razas no conquistadas por GU. Por lo visto, GU no podía extender sus dominios por fuera de la 4ta densidad por un tema de vibración no compatible.

Según las enseñanzas de estas diferentes razas extraterrestres, vivimos dentro de un manto de engaño, en algunos casos por decisión propia y en otros no.

La cosa se complica bastante a la hora de tomar decisiones de liberar a la Tierra por parte de las razas extraterrestres de 5ta Densidad y más arriba de este yugo impuesto; pero, según ellos, lo haremos pronto y por decisión propia debido a que, aunque no parezca, hay una mayor conciencia por parte de la gente de este mundo que está despierta y ahora busca libertad y verdad.

Por lo visto, hay un despertar de conciencia que se está produciendo a nivel mundial y eso será el catalizador para el Gran cambio y la muerte de GU; por lo menos, en este cuadrante de la galaxia.

—La batalla sigue y la facción rebelde negra trabajaba intensamente para la liberación de la Tierra —dijo el abuelo.

Esas fueron las últimas palabras del abuelo esa noche, pero no sin antes decirme que la historia se complicaba mucho más y eso me lo contaría la próxima vez, ya que ahora estaba cansado.

Por supuesto, traté de que me contara algo más antes de que se fuera a dormir, pero sin resultado positivo. Cuando el abuelo decía *me voy a dormir,* nadie se podía poner en su camino.

El sueño era sagrado para él, decía que en los sueños le llegaban todas sus ideas.

La noche siguiente, ahí estaba yo en casa del abuelo esperando que cenara primero y luego otra interesante noche de cuentos.

Después de cenar, el abuelo siguió con su relato y prosiguió en el mismo punto que lo dejo la noche anterior:

–El Gran cambio se acerca –dijo– es inevitable, pero no sin antes tener que afrontar algunos inconvenientes.

Los inconvenientes al que él se refería, era por la lucha de poder entre las diferentes facciones que controlan la Tierra y aledaños. La asociación de la fuerza espacial americana y la nazi, habían llegado a horizontes insospechados. La cara oculta de la luna estaba totalmente colonizada por las diferentes facciones humanas y no humanas de la Tierra y de otras dimensiones. La convivencia entre todos estos grupos era de respeto; pero, por lo visto, sin mucho trato entre ellos: solo se consideraba necesario tratar entre ellos si había una transacción importante como tecnología por mano de obra.

Según el abuelo, era más una transacción de tecnología por humanos esclavos para mano de obra y otras cosas que es mejor no mencionar ya que tenía que ver con experimentos genéticos.

La luna, por lo visto, era una antigua nave puesta aquí hace más de 12 mil años por una raza alienígena (positiva) de las pléyades que, junto con otras razas (positivas), persiguieron a GU y sus socios reptiles desde otra dimensión, librando una batalla épica donde hubo muchas bajas por ambos lados. Al final, se tomó una decisión salomónica para detener tan cruenta guerra y se logró encarcelar en la tierra a GU y los reptiles infectados por él; usando la tecnología en una de sus naves (la nave LUNAR) para mantenerlos en la Tierra sin posibilidad de escape: esto se logró a través de unas bandas magnéticas emitidas por la nave satélite que rodeaban la Tierra (conocidas ahora como bandas Van Allen), bandas de una vibración de tal magnitud que destruye todo lo que no esté en su frecuencia y vibración al pasar a través de ellas. A menos que estés o seas de 5ta densidad, no podrías atravesarlas, dejando adentro a todos los reptiles infectados de 4ta baja/densidad y, por desgracia, también a nosotros que de 5ta densidad fuimos rebajados hace doce mil quinientos años a 3ra densidad. Algunos de alta y algunos de baja, ya que cada densidad tiene sus niveles. De esa manera, las razas positivas ganarían tiempo para ver qué hacer con GU y sus socios negativos.

El tiempo ha pasado y GU logró deshacer el castigo impuesto de no poder salir de los límites del planeta Tierra, al poder superar la tecnología de las bandas. Ahora unas riadas de razas positivas se han juntado y están, con todas sus diferentes naves intergalácticas, alrededor del planeta Tierra para, una vez más, solucionar este impase y volver a encarcelar a GU y sus socios.

La cúpula de los Reptiles negativos estaba dispuesta a negociar si los dejaban alejarse de la Tierra; pero, entre todas las razas extraterrestres positivas, se decidió no negociar con GU y sus socios reptiles, por el daño que habían causado en el planeta y, sobre todo, porque no es parte de la "AGENDA" extraterrestre positiva el dejarlos encarcelados otra vez.

Los sacrificios de sangre y fuego ya no son tan comunes porque se ha luchado mucho contra esta aberración, pero siguen existiendo. En los últimos años, se ha logrado concientizar a la otra facción negra (la no rebelde) de tan inhumanas prácticas y, viendo el panorama que se aproxima, algunos han accedido a poner un alto a tremendas prácticas satánicas, lo que ha debilitado a GU y sus socios reptiles negativos, así como a los humanos negativos. Aunque no todos en la facción negra negativa han accedido a dejar estas prácticas satánicas, por lo que la batalla no termina aún.

No contentos con su pérdida de alimento satánico *loosh*, GU ha movilizado todos sus ejércitos para poder seguir alimentándose de este *loosh*. Ha logrado que sus socios, en el poder político americano, pasen una ley que permita abortar al niño después de 9 meses de nacido y así apoderarse de esas criaturas indefensas y succionarles la vida y alimentarse así del *loosh* que emanaba de tan inocente víctima después de un ritual y sacrificio satánico, con su subproducto llamado *Andrenachrome*, alimento para sus socios aliados negativos.

GU está perdiendo la batalla y su desesperación lo hace cometer barbaridades sin límite.

Las razas positivas extraterrestres son conscientes de la desesperación de los reptiles negativos de GU y sus socios humanos negativos; pero, al mismo tiempo, necesitan que la humanidad tome conciencia de todo lo que está pasando. Los humanos de esta Tierra somos los que tenemos que dar el primer paso, y ese paso será despojar de su poder a los socios humanos negativos de GU en esta Tierra.

Aunque no parezca, este primer paso se está dando por todo el planeta: hay facciones positivas humanas trabajando día y noche en esta misión.

Pero como dice el abuelo, *el Cabal sionista* está en todas partes y no será fácil destruirlo.

El abuelo me habló mucho del Cabal sionista. Decía que era una organización muy poderosa y que estaba esparcida en todo el planeta con una administración militar muy férrea, tenía que ser así para poder cumplir su agenda satánica. El Cabal sionista estaba compuesto por grupos humanos muy poderosos de esta Tierra y, por supuesto, su poder se los daba GU. La facción negra negativa era parte importante de este cabal. Se podría decir que eran la misma organización, pero, al ser tan extensos y poderosos, era difícil para el humano común saber y entender dónde empezaban y dónde terminaban estas organizaciones negativas.

Con tanto poderío, habían logrado ser dueños de todas las instituciones más importantes que mueven este mundo, por lo que será muy difícil superar tamaña organización.

Por suerte, la facción negra positiva ha logrado grandes avances en tecnología ayudados por la raza humana del futuro, algo difícil de entender cuando concibes el tiempo como algo lineal; pero, según los humanos del futuro, el tiempo es circular y depende de la velocidad vibración y dirección para ir al pasado o al futuro. Supongo que habrá que mantener una mente abierta para aceptar esto del viaje en el tiempo.

Los del futuro no parecían humanos, aunque eran humanoides (con dos brazos, dos piernas, tronco y cabeza), pero diferentes a nosotros. Según ellos, venían de un tiempo muy lejano y con el tiempo todos cambiamos. Eso parecía tener su lógica, pero al abuelo le sonaba a chamusquina, ya que él siempre me decía que "el humano siempre será humano".

También decían que todas las estrellas eran portales dimensionales. Eso incluía al sol y que ellos se trasladaban a través del sol cuando era necesario viajar a otras dimensiones y galaxias en sus naves, las que estaban hechas de material orgánico provisto de inteligencia artificial que se usaba para comunicarse con la misma nave y poder operarla: prácticamente solo tenías que decirle a la nave dónde querías ir y ella te llevaba, pero solo usaban el portal del sol si necesitaban ir, intergalácticamente, a algún lugar con la nave, porque para trasporte interdimencional de solo personas habían portales dimensionales que usaban y que se encontraban en varios sitios especiales de vibración alta para este procedimiento en los diferentes planetas. Los portales también estaban siendo usados por las diferentes facciones positivas y negativas que controlaban este mundo, pero no podían llevar sus naves a través de los portales de la Tierra. Estas solo servían para trasporte personal, aunque ahora ya nadie podía entrar ni salir del planeta Tierra, por encontrarse en una especie de cuarentena galáctica.

Según ellos, los humanos del futuro, el mundo estaba pasando por un gran cambio de paradigmas y ellos estaban aquí, en este tiempo, para ayudar con el cambio. El Cabal/Sionista se sentía amenazado y preparaba un gran atentado de falsa bandera, como habían hecho muchas veces en el pasado y, esta vez, no culparían a otro país de dicho atentado, sino lo harían pasar por un evento del cosmos: como la propagación de un virus, como ya se había hecho en la Primera Guerra Mundial, o un choque de algún gigantesco meteorito posiblemente en el norte de América, dejando casi toda Norteamérica en un caos profundo, por lo que los ejércitos americanos con el beneplácito de la ONU tomarían e invadirían América del Sur y lo que quedara de la población americana se mudaría a su jardín o patio trasero: Suramérica.

¡Wow! si todo esto era verdad, grandes cambios se aproximaban para esta Tierra tan convulsa, pero, si ese fuera el caso, de tan gran agresión contra la humanidad por parte del Cabal sionista, las razas extraterrestres positivas intervendrán de alguna manera.

Por suerte, el bien siempre gana o, por lo menos, si Dios existe, así debería de ser.

Algo muy interesante era saber lo avanzado que en realidad está la fuerza espacial americana y otros países, como ya lo había mencionado el abuelo, y al igual que la fuerza espacial rusa que cuenta con muchas naves espaciales que surcan nuestros cielos a velocidades inimaginables sin ser vistos; lo mismo en el caso de las naves espaciales americanas anti gravedad TR-3B pertenecientes a un proyecto secreto llamado *Aurora*. Estos serían los últimos modelos de bombarderos secretos americanos: tienen forma triangular y una luz en cada esquina de dicho triángulo. Estas naves son capaces de trasladarse en cuestión de segundos de polo a polo.

Los rusos han tenido un desarrollo paralelo, pero con diferentes socios no tan negativos. Ellos decidieron, ya hace mucho tiempo, alinearse con una facción reptiliana Alfa positiva muy antigua.

Por desgracia, la fuerza espacial americana también está bastante dividida entre el Cabal sionista y las facciones negras positivas y negativas. Como decía mi abuelo *"es un pan con mango allá arriba"* y solo queda seguir luchando por la liberación, cueste lo que cueste.

Según el abuelo, los cambios de paradigmas que se vienen están muy cerca de ocurrir, 2025 y quizás antes, ya toda la galaxia se prepara para este salto evolutivo. Un muy emocionante cambio que, en nuestro caso, sería a 5ta densidad fuera del yugo de GU.

Grandes cambios se aproximan y es momento de elevar nuestra vibración, por lo que el abuelo me sugirió que hiciera tres grandes cambios en mi vida para lograr elevar mi vibración:

El primero: "no mentir", el segundo: "no robar" y, por último, el tercero y muy importante: "no comer nada que tenga ojos y corazón".

Bueno, yo ya me puse en ello, pero como decía el abuelo, si quieres comer pescado, pídele permiso antes, ya que, aunque te parezca que está muerto y no tendría sentido pedir permiso, el alma y el espíritu de tal animal nunca mueren. Son conciencia pura.

El abuelo decía que para combatir el cáncer había que extirparlo desde la raíz y el cáncer de este planeta es el Cabal/Sionista y su sistema de esclavitud de la banca Central de la que nadie se salva.

Y ahora qué sabes todo esto: ¿Tú que harás?

Esas fueron las últimas palabras del abuelo antes de decirme que se iba a dormir y darme las buenas noches.

www.ingramcontent.com/pod-product-compliance
Lightning Source LLC
LaVergne TN
LVHW051504170726
843492LV00002B/794